Mi nombre es HOY

Serie: LUZ

© 2010 CUENTO DE LUZ SL
Calle Claveles 10, Urb. Monteclaro
Pozuelo de Alarcon, 28223 Madrid, Spain
www.cuentodeluz.com

Today is My Name
Text © Zo Ho-sang, 2003
Illustration © Kim Dong-sung, 2003
All rights reserved
Spanish translation copyright © Cuento de Luz SL, 2010
Published by arrangement with Woongjin Think Big Co., Ltd
Translation by Ana A. de Eulate

2ª edición
ISBN: 978-84-937814-7-7
Depósito legal: M-47443-2010

Impreso en España por Graficas AGA SL
Printed by Graficas AGA in Madrid, Spain,
Noviembre 2010, print number 65691

Zo Ho-sang
Mi nombre es HOY
Ilustraciones de Kim Dong-sung

CUENTO
DE LUZ

En un valle desierto vivía sola una niña.
Unos viajeros que pasaban por allí le preguntaron:
—¿Qué haces aquí?
—Siempre he vivido en este lugar.
—¿Cómo te llamas?
—No conozco mi nombre.
—¿Cuántos años tienes?
—Tampoco lo sé.
—¿Y cómo llegaste hasta aquí?
—Una cigüeña ha cuidado siempre de mí, desde que nací.

Entonces los viajeros dijeron a la niña:
—Ya que no conoces la fecha en que naciste, ni
tu nombre, este día será a partir de ahora el de
tu cumpleaños.

A partir de entonces, la niña recibió el nombre de HOY,
abandonó su soledad y comenzó a vivir entre la gente.

Un día HOY sintió el deseo de ver a sus padres.
Fue a ver a la señora del Cabello Blanco,
una anciana abuelita conocida por su gran sabiduría.

—He venido a verla porque echo mucho de menos a mis padres.
¿Cómo podría encontrarlos?
—Tus padres viven en Woncheongang, un lugar muy lejano
en el cielo al que una persona de este mundo le resultaría
muy difícil llegar.
—¡Me gustaría tanto verlos! Por favor, dígame cómo puedo
llegar hasta allí.
—Ya que lo deseas fuertemente con el corazón, escucha:
Sigue este camino durante mucho, mucho tiempo, hasta que llegues
a un río. Su orilla es de arena blanca. Allí verás una cabaña
y en su interior un joven estará leyendo un libro.
Pregúntale cómo debes continuar tu camino y él te lo indicará.

HOY caminó y caminó de nuevo.
Al final vio el rio y su orilla de arena blanca. Allí estaba el joven
sentado leyendo un libro, en el interior de una pequeña cabaña,
como la abuelita del Cabello Blanco le había comentado.

HOY le preguntó cómo llegar hasta Woncheongang.

Él le contestó:
—Sigue por este camino durante mucho, mucho tiempo, hasta que veas
un estanque. Un árbol solitario crece en su orilla. Dile que te indique el camino.

HOY le dio las gracias y se disponía a continuar su viaje, cuando el joven
la llamó y le dijo:
—Por alguna razón que desconozco, no puedo moverme de aquí,
ni parar de leer libros. Cuando llegues a Woncheongang ¿puedes por favor
preguntar por qué estoy aquí cautivo?

HOY le prometió que lo haría.

HOY caminó y caminó de nuevo.
Llegó hasta el estanque en donde se encontró con el árbol solitario.
Le preguntó cómo llegar hasta Woncheongang.
El árbol respondió:
—Si continuas por este camino durante mucho, mucho tiempo,
llegarás a un océano muy azul.
Verás entonces una gran serpiente en la playa.
Pregúntale cómo seguir.

HOY se disponía a marcharse, cuando el árbol le comentó:
—Por alguna razón desconocida, únicamente florece
una flor en mi rama más alta. Cuando llegues
a Woncheongang, por favor
¿puedes preguntar cuál es la razón?

HOY le prometió que lo haría.

HOY caminó y caminó de nuevo.
Llegó hasta un océano muy azul y sí, allí se encontraba
una gran serpiente.
HOY le preguntó cómo llegar hasta Woncheongang.

La serpiente le contestó:
—Cruza el océano y sigue el camino. Llegarás hasta una pequeña
cabaña.Una joven estará dentro leyendo un libro. Pregúntale cómo
debes continuar tu viaje.

HOY pidió entonces a la serpiente que por favor le ayudase
a cruzar ese mar tan azul.

La serpiente la tomó en su lomo y atravesó el océano.
HOY, agradecida, se disponía a marcharse cuando la serpiente le dijo:
—Las demás serpientes, con una sola perla mágica
pueden convertirse en dragón y volar hacia el cielo, pero yo aun
teniendo tres perlas mágicas, no sé por qué razón no lo consigo.
Cuando llegues a Woncheongang, por favor
¿puedes preguntar por qué me ocurre esto?

HOY le prometió que lo haría.

HOY caminó y caminó de nuevo.
Apareció la pequeña cabaña y, efectivamente,
allí estaba una mujer joven leyendo un libro.
HOY le preguntó cómo debía seguir su camino.
La muchacha le indicó:
—Sigue por este sendero que ves aquí durante mucho,
mucho tiempo, hasta que llegues a un manantial.
Te encontrarás allí con un hada llorosa.
Pregúntale cómo debes continuar tu camino.
HOY estaba a punto de agradecérselo y marcharse
cuando la joven añadió:
—Por algún motivo que desconozco no puedo
jamás salir de esta cabaña. Me paso la vida
leyendo libros. Cuando llegues a Woncheongang
por favor ¿pregunta cuál es la razón?

HOY le prometió que lo haría.

HOY caminó y caminó de nuevo.

Llegó a la fuente y, pues sí, allí estaba el hada sollozando.

HOY le preguntó:

—¿Hada, por qué lloras?

—He cometido algunos errores y me dijeron que tenía
que marcharme del cielo. Sólo puedo volver cuando haya
vaciado todo el agua de este manantial.

Pero eso ¡es imposible! Mi cubo tiene un agujero y
no voy a poder retirar ni una sola gota.

HOY cortó un poco de hierba y junto con resina de pino
consiguió hacer un tapón y cerrar el agujero.
Después rezó con todo su corazón y enseguida
comenzó a retirar el agua con el cubo.
En un instante no quedaba ni una gota.

El hada irradiaba felicidad.

HOY le preguntó cómo podía llegar
hasta Woncheongang.

El hada le ofreció llevarla hasta allí.
La tomó de la mano y se fueron volando hacia el cielo.

Poco después llegaron hasta un enorme palacio
rodeado de altas murallas.
　—Esto es Woncheongang —le dijo el hada.
Se despidió de HOY y se marchó.

Cuando la niña se acercó a la gran puerta del palacio,
un enorme y serio guarda le impidió el paso.

—¿Quién eres tú? —le preguntó.
—Me llamo HOY y vengo del mundo de los humanos.
—Nadie de ese mundo puede entrar en Woncheongang.
Así que ¡márchate ahora mismo! —le contestó el guarda
—Me dijeron que mis padres viven aquí.
He recorrido un largo camino cruzando montañas y un gran océano.
Por favor, por favor, déjeme entrar —suplicó llorando HOY.

El guarda se conmovió y le comentó a la niña que transmitiría su deseo.
Comunicó al Rey y a la Reina de Woncheongang que una niña buscaba
a sus padres. Le ordenaron entonces que la dejase entrar.

El Rey y la Reina la miraron y le preguntaron:

—¿Qué es lo que te ha llevado a recorrer un camino tan largo?

HOY les contó toda su vida desde la aparición y cuidados
de la cigüeña, su experiencia entre los humanos y su largo viaje
en busca de sus padres hasta su llegada a Woncheongang.
Cuando terminó su historia, los dos la abrazaron
muy fuerte.

—¡Somos tus padres! Cuando naciste, el Rey del Cielo nos confió
como misión reinar en Woncheongang y nos tuvimos que marchar
y dejarte en el mundo de los humanos.
Enviamos una cigüeña para que te cuidara.

HOY vivió unos días de intensa felicidad con sus
padres en Woncheongang. Era un lugar
maravilloso donde convivían
al mismo tiempo, la belleza de las cuatro estaciones:
Primavera, verano, otoño e invierno.

Pero como HOY pertenecía al mundo de los humanos no podía permanecer en este maravilloso lugar mucho tiempo. Antes de marcharse, le hizo a sus padres las preguntas que el joven, el árbol solitario, la jovencita y la gran serpiente le habían realizado.

Y ellos le dieron las respuestas, con mucho cariño para cada uno de ellos.

En su camino de vuelta, HOY se encontró de nuevo con la joven
y le transmitió el mensaje que sus padres para ella le habían dado.
—Pasas todo tu tiempo aquí leyendo porque aún no ha aparaceido tu alma
gemela. Encontrarás la felicidad con un hombre que sólo lea libros como tú.
—¡Me pregunto dónde puedo encontrar a alguien así! —comentó la joven.
—¡Conozco a uno! ¡Ven conmigo! —le dijo HOY.
Y juntas emprendieron el camino de regreso.

Se encontraron entonces
de nuevo con la serpiente
y HOY le transmitió lo que sus
padres le habían dicho:
—Para convertirte en dragón,
sólo puedes poseer una perla
mágica y no tres. Si ofreces las otras
dos a la primera persona que encuentres,
entonces podrás transformarte y volar por el cielo.

El dragón entregó inmediatamente dos de las perlas a HOY.
De repente, el cielo se oscureció, se oyeron sonoros truenos
y los relámpagos brillaron. La serpiente se convirtió en
dragón y se marchó volando por el cielo.

HOY se reencontró en su camino de regreso con el árbol solitario
y le comentó lo que sus padres le habían respondido:
—Si ofreces tu única flor a la primera persona que pase,
florecerán muchas más en tus ramas.
El árbol obsequió a HOY con su única flor.
De repente, de todas sus ramas surgieron millares de
maravillosas flores blancas y un delicioso perfume envolvió el mundo entero.

HOY volvió a ver al joven y le transmitió la respuesta a su pregunta:
—Pasas todo tu tiempo solo leyendo en esta cabaña
porque no has encontrado a la persona que te haga
feliz. Todo cambiará cuando aparezca en tu vida
alguien que únicamente lea libros como tú.

—Pero ¿dónde podría encontrar a esa persona? —contestó asombrado.

HOY le hizo un signo a la joven y entonces se la presentó.
Se casaron poco después y vivieron llenos de felicidad.

Finalizado su viaje, HOY fue a ver a la Señora del Cabello Blanco.
Le dio las gracias y le regaló una de las perlas mágicas.
Después, sosteniendo la otra perla en una mano y la flor blanca en la otra,
la niña se convirtió en hada y voló hacia el cielo.
La leyenda dice que aún en nuestros días cuando una persona se siente
muy triste y sola, HOY baja desde el cielo para ayudarla y protegerla.

Cuento de Luz publica historias que dejan entrar luz, para rescatar al niño interior, el que todos llevamos dentro. Historias para que se detenga el tiempo y se viva el momento presente. Historias para navegar con la imaginación y contribuir a cuidar nuestro planeta, a respetar las diferencias, eliminar fronteras y promover la paz. Historias que no adormecen, sino que despiertan...

CUENTO DE LUZ

Cuento de Luz es respetuoso con el medioambiente, incorporando principios de sostenibilidad mediante la ecoedición, como forma innovadora de gestionar sus publicaciones y de contribuir a la protección y cuidado de la naturaleza